Luigi Pirandello

Scamandro

PRETESTO

Le fanciulle trojane, quand'erano fidanzate, andavano a bagnarsi nello Scamandro e gli si offrivano dicendo le seguenti parole: « Ricevi, o Scamandro la mia verginità! » Ora Eschine racconta che un suo amico e compagno di viaggio, ateniese, invaghitosi d'una giovane trojana, per nome Calliroe, nel giorno in cui essa, fidanzata, doveva bagnarsi nel fiume, andò a nascondersi nelle macchie che erano su la riva, e si circondò la testa di giunchi e di canne. Allorché Calliroe ebbe pronunciato la sua offerta, il giovane rispose: « Ed io l'accetto volentieri! » Entrò nell'acqua, condusse la fanciulla su la sponda opposta, e l'ingannò. Eschine parla di quest'avventura come di una cosa avvenuta quasi sotto i suoi occhi. Dice: « Noi eravamo sopra un'eminenza con lo sposo e i parenti e molti altri, donde vedevamo il luogo in cui si bagnavano le fanciulle, per quanto lo permetteva la convenienza ».

Da notare, per l'intelligenza del testo, che il fiume Scamandro, in cui le tre Dee vennero a bagnarsi prima di comparire al giudizio di Paride, non meritava forse la riputazione che i poeti, Omero segnatamente, gli hanno formata. Belone dice d'aver veduto non un fiume, ma un rigagnoletto, il quale d'estate era secco e nell'inverno dava appena acqua bastante perché un'oca lo potesse passare a nuoto.

PERSONE

Scamandro

Amadriade

Tre Najadi

Eumene, *giovine ateniese*

Ascanio, *giovine trojano*

Agatone, *servo di Eumene*

Calliroe, *fidanzata di Ascanio*

Caletore, *suo padre*

Proclea, *nutrice*

Corifeo

Coro nuziale

Due pastori

Primo Episodio

LA PIOGGIA

La riva sinistra dello Scamandro. A destra si scorge, per breve tratto, il greto arido del fiume di tra gli alberi e le piante che pòpolano la riva: querci, olmi, cipero, loto. Scamandro, il vecchio dio del fiume, sta inerte, sdrajato sul letto asciutto.

Scamandro	Adunator di nembi, Ermète, nulla
	puoi piú rubarmi: tuttavia, t'invoco.
	Dal dí che il figlio di Pelèo fin sulla
	soglia del ciel lanciai coi flutti, e il foco...
Un'Amadriade	(*sporgendo il capo dal tronco di una quercia*)
	— di Vulcano provasti, per vendetta
	di Giuno... — O non ti secca, vecchio mio,
	ricantare codesta favoletta
	in tutti i toni, eternamente?
Scamandro	No.
	Se una gocciola d'acqua piú non ho,
	come vuoi che mi secchi?
Amadriade	Ah, questo è vero!
	Godo che serbi ancora un po' di brio.
Scamandro	Come tu l'asinaggine, Amadriade.
	Leggi ti prego, il re dei vati, Omero:
	XXImo libro dell'Iliade.
Amadriade	Che hai detto?
Scamandro	Eh, c'eran qui, su le mie sponde,
	querci ben altre ed olmi e tamerici

ai quali, liete copiose e piane,

nuove di lungi confidavan l'onde.

Chiedean le querci: — « Serba intatta e al mare

reca la nostra immagine! » — « Sí, care! »

rispondeano per me, le lor risate

rauche sorsando, le panciute rane.

Giorni beati! Epperò qui felici,

non gl'inverni soltanto, anche d'estate,

le Ninfe dimoravano. Ma, infesto,

distrusse il foco di Vulcan cotanta

vita e me pur cosí ridusse.

Amadriade   Questo

il vate greco che m'hai detto canta?

Ne segue, se non erro, che di male

sempre cagion tu fosti a quanti presso

ti crebbero.

Scamandro   Dar torto a chi non vale

a farti piú del bene t'è concesso

da questa dura nostra sorte, o ingrata.

Ti compatisco. Lasciami invocare

Ermete. Berrai meco or che dal mare

torneranno le Najadi.

Amadriade   M'hai data

la vita: un'anforetta d'acqua!

Scamandro   E se

non ne ho neppure una goccia per me,

che obbligo ho di dartene? Le povere

tre Najadi ringrazia che mi fanno,

d'estate, questo gran servizio ogni anno,

finché non si benigni il ciel di piovere:

ir con le brocche infino al mare.

Amadriade   Pure

questa quercia che m'ospita, cortese

t'è d'ombra assai...

Scamandro   Sí, forse a queste dure

pietre del greto: non scorro da un mese!

Amadriade   Languiamo pur la quercia ed io di sete.

Scamandro   Io me la godo, intanto, è vero?

Amadriade   Taci!

Le foglie, senti? trèmolano liete

a un fresco soffio d'aura...

Scamandro   E' son fallaci

segni! Pe 'l ciel da molti giorni ormai

stan pensando le nubi ov'hanno a fare

un po' di pioggerella: alfin vedrai

che, gira gira, andranno a farla al mare.

Coro di foglie

Se l'ali noi del ramo

fossimo, e come i liberi

uccelli che alberghiamo

potessimo volare

lontan lontan lontano

al monte al piano al mare!

In tremito continuo

ci tien la brama, invano.

Ma qual segreta possa

ora nell'aria spira,

commossa — e sí n'attira?

Vertigine! Voliamo!

Noi, ali! E il nostro ramo?

Amadriade   Il vento se le porta, poverine,

e credon d'esser ali!

Scamandro   E or or cadranno.

Amadriade   Tante ne son cadute che già fanno

del greto al margin lì ricami e trine.

La pioggia anch'esse aspettano e che via

se le porti lontan la correntía.

Son le sole tue barche... Un vispo, arguto

spiritel su ciascuna salterà,

piloto della nave.

Scamandro   Eh via, so già

che son fiume da burla divenuto!

Ma tu, se or io ti fo saper che rada,

stinta hai la chioma e gli occhi di viola

smorti, rispondi: brami ancor che cada

acqua?

Amadriade   Perché?

Scamandro   Perché non sete sola

tu hai, lo so: di chiare acque uno specchio

forse brami di piú.

Amadriade   Maligno vecchio!

Scamandro   Ma brutta ti vedresti, te l'ho detto.

T'affliggeresti... Nobile virtú

la pazienza, è vero? Aspetteremo,

aspetterem che piaccia, dunque, a Giove...

Amadriade   Io non mi muovo, sì ti muovi tu,

t'agiti tu, su pe 'l pietroso letto.

Che hai? perché tremi cosí?

Scamandro   Non tremo:

mi sento ... non so che...

Amadriade   Ma piove, piove!

non senti? piove!

Scamandro   Scherzi!

Amadriade   È crepitío

di gocce, questo, su le foglie: ascolta!

Eccone una qui sul braccio mio...

Scamandro   Foglia?

Amadriade   No, goccia!

Scamandro   E forse ne vien giú

qualcuna, o sarà il ciel, forse, che suda.

Tuttavia, su... su... su...

Amadriade   Che fai?

| **Scamandro** | Provo a rizzarmi sur un gomito... |

mi cresce il tremito...

| **Amadriade** | E piangi e ridi? |

| **Scamandro** | Mi pare che il respiro mi si schiuda! |

| **Amadriade** | Senti? e gli uccelli coi lor brevi acuti |

squittii dai nidi

par che bèzzichin l'aria: son saluti

all'acqua che vien giú. La senti?

| **Scamandro** | Or sí, |

e il respir sento delle foglie e tutta

odorare la terra. Grazie, o Giove!

(Sopravvengono esultanti sotto la pioggia che infittisce vieppiú le tre Najadi recanti ciascuna un'anfora piena d'acqua.)

| **Prima Najade** | Giú, vuota, butta |

l'acqua, cosí!

| **Scamandro** | *(tendendo le braccia con giubilo)* |

Figliuole care!

| **Amadriade** | *(alla seconda Najade)* |

Non la buttare:

porgila qui.

| **Seconda Najade** | *(accostandosi alla quercia)* |

Ti vuoi specchiare

dentro la conca?

| **Terza Najade** | *(tendendo l'anfora a Scamandro)* |

Su, vecchio, cionca!

Quest'altra sola.

Scamandro Grazie, figliuola:

non vo' piú bevere

acqua di mare...

Amadriade (*dopo essersi specchiata nell'anfora*)

Ahimè, ahimè, come mi son ridotta!

Seconda Najade (*infrangendo l'anfora*)

Non piangere, sorella, ecco, l'ho rotta...

Prima Najade

(*accorrendo premurosa, insieme con la seconda, attorno all'Amadriade*)

Ora che l'acqua cade

  presto rifioriranno

    le gialle, rade

      tue chiome...

Terza Najade   Vanno,

guarda, digià,

di qua, di là,

le prime tremule

venucce d'acqua.

Le rane   *Cqua cqua cqua cqua*

Scamandro

Molestissime rane! Ecco di nuovo

la loro voce, appena ch'io mi muovo.

Ed ora, ed ora non la finiranno

piú!

Prima Najade Sempre, o vecchio, ti lamenterai?

Scamandro   Non di voi, non di voi, care figliuole!

Debbo a voi sole, se di sete ogn'anno

io non mi muojo; ma ho pur altri guaj!

Ora che voi piú al mare non andrete,

sapete che verranno

Cqua cqua cqua cqua

(come dicon le rane)

le fidanzate vergini trojane...

Non vi par questa delle crudeltà

la piú crudele? farmi,

pur mentre l'acqua va,

sentir degli anni miei la siccità?

Ond'io, figliuole, a voi mi raccomando:

caccia alle rane, e quando

verran pe 'l bagno quelle,

fosser anche di Venere piú belle,

silenzio, e non svegliarmi.

Amadriade   Intender non sapea come mai fosse

che bevendo di questa acqua le agnelle

diventasser di bianche a un tratto rosse:

Najadi, o mie sorelle: — è per vergogna,

è per vergogna!

Seconda Najade Zitte, già ronfa, udite?

Amadriade   E forse sogna

che risolleva — ei! — fino al cielo Achille,

di Giunon l'ira e il fuoco di Vulcano...

Lasciamolo dormir: tanto, tranquille

scorrono or l'acque e crescono man mano.

SECONDO EPISODIO

LA MEDAGLINA

Sotto la pioggia che or cade meno fitta, vengono giù dall'altura in fondo, pian piano, conversando fra loro, Eumene *e*Ascanio, *muniti ciascuno d'un ombrello*(σχιάδειον). *Li segue a poca distanza il servo* Agatone *che si ripara alla meglio con un lembo della clamide.*

Ascanio   Ecco, ancora un po' di pazienza, amico: il fiume è là.

Eumene   Fino al fiume?

Ascanio   Pazienza! Delle piccole città

i peggior tiranni sono, tu l'hai detto, i morti.

Agatone   Bravo!

Eumene e Ascanio si voltano di scatto, colpiti dall'improntitudine dei servo;

ma questi, fermandosi e sorridendo, senza scomporsi aggiunge:

Faccio encomio al piede manco: già col dritto scivolavo.

Ascanio   (*a Eumene*)

Se ho compreso ben, tu intendi che noi schiavi siam peranco

dei costumi antichi.

Agatone   Bravo!

Eumene, Ascanio si voltano di nuovo con lo stesso ci piglio; ma Agatone, impassibile.

Scivolavo ora col manco

Eumene   (*risalendo un po' l'erta e dando uno spintone dietro le spalle al servo*)

Prova un po' di scivolare con entrambi fino al fiume.

Agatone   (*ruzzolando, accompagnato dalle risa d'Ascanio*)

Ohi! ohi!

Eumene   (*ad Ascanio*) Séguita, mio caro: che dicevi del costume?

Ascanio   Qui, fra gli altri, un uso impone che una vergine, promessa

sposa, prima di contrar le nozze, venga a offrir se stessa.

Eumene   Come come?

Ascanio   Al fiume, intendi? Bagno... bagno innocuo, al quale

si suol dar solennità di rito: è il rito nuziale.

Il corteo segue la sposa fin lassú...

Eumene guarda in cima al ciglio con maligna curiosità; onde Ascanio, subito:

Non vede nulla.

Ci son qua per questo gli alberi. Celata, la fanciulla

prega il vecchio dio del fiume che l'accolga.

Eumene   E il dio?

Ascanio   L'accoglie.

Eumene   E il marito?

Ascanio   Qual mai rischio vuoi che corra per la moglie?

Guarda un po': bastan due socchi, su tant'acqua, a far da barche.

E noi siam costretti ogni anno, per sposare, ad aspettar che

piova un poco. Ora qui appunto son venuto per vedere

se quest'oggi alfin si voglia lo Scamandro compiacere

di far lieta la fanciulla che vuol esser mia.

Eumene   Che sento!

Disgraziato, prendi moglie? Come! E sei cosí contento?

Ascanio   (*confuso mortificato*)

Io contento? No ... ti pare?

Eumene   Qui per te m'hai trascinato?

Ascanio   Non sapevi? Mi parea che te l'avessi detto...

Eumene   Ingrato!

Ascanio   Che vuoi, caro! Errori ...

Eumene   Manco male, ti vergogni!

Ascanio   Eh sì!

So purtroppo ch'è ridicolo...

Eumene   Ma pure...

Ascanio   Eh, stando qui,

in un piccolo paese, non c'è modo, non c'è luogo

da spassarci a nostro genio. Convien pur piegarsi al giogo:

con che cuore, tu lo vedi.

Eumene   Me lo dici adesso!

Ascanio   In prima,

ti confesso, per timore di scader ne la tua stima...

Eumene   Stavi zitto?

Ascanio   Siamo amici da sí poco...

Eumene   Poverino!

Dimmi, è ricca almeno, è bella la tua sposa?

Ascanio   Un fiorellino:

questo sí. Lo dicon tutti ch'è la rosa del paese.

Eumene   Vecchia immagine!

Ascanio   E in Atene come dite?

Eumene   Solo un mese

durar sogliono le rose. Noi diciamo: bella spina.

Ascanio   Ah, già... bravi!... Oh, guarda: ho fatto coniar la medaglina per le nozze. Te la mostro. Mi dirai se veramente

non è bella la mia sposa.

(*Gli mostra la medaglina.*)

Eumene   (*la guarda, si turba vivamente*)

Questa?

Ascanio   Ebben?

Eumene   Strano!

Ascanio   Che?

Eumene   Niente...

Somiglianze! La tua sposa, dimmi, è bruna o bionda?

Ascanio   Bruna,

di capelli.

Eumene   E in volto rosea?

Ascanio   Rosea come esce la Luna

su dai colli...

Eumene   Lascia! E... snella?

Ascanio   Snella, snella come cerva.

Eumene   Occhi glauchi, intensi, accesi?

Ascanio   Bravo! Gli occhi di Minerva.

Eumene   Dunque...

Ascanio   Dunque?

Eumene   Nulla... E, dimmi: Di recente in Grecia...

Ascanio   Sí,

ella è stata in Grecia.

Eumene   Ah, è lei! proprio lei!

Agatone   Lei?

Ascanio   Lei? ... ma chi?

Eumene   L'ho veduta... Era col padre?

Ascanio   Sí, per compere in Atene

sono andati insieme. E tu l'hai veduta, dunque? Ebbene?

Eumene   Niente... L'ho veduta: è bella: m'è piaciuta e... teco or molto

mi congratulo. Ammirato meco han tanti il dolce volto

de la tua fanciulla.

Ascanio   Ah sí? In... in Atene? Ne son lieto,

ne son lieto ...

Eumene   Oggi la sposi?

Ascanio   Se Scamandro non ha il greto

proprio asciutto. Con permesso, vo a vedere. Vieni?

Eumene   No.

Va' tu solo; aspetto.

Ascanio   Il posto scelgo e torno. Attendi un po'.

*Ascanio s'allontana e scompare tra gli alberi della riva. Eumene allora si copre
il volto con le mani.*

Agatone   Per Ercole! Padrone, che t'avviene?

Eumene   Agatone, Agatone, son perduto!

Agatone   Sú, sú...

Eumene   Colei che per le vie d'Atene

vidi, or son pochi dí, per cui venuto

son qua, schiavo...

Agatone   Sta, zitto... S'egli viene!

Eumene   Or che farò? Chi potrà darmi aiuto?

Ella va sposa... oggi, tra poco, sposa

a quel melenso...

Agatone   Condizion penosa,

capisco ...

Eumene   Che farò? Di' ...

Agatone   Nessun lume

darti potrei...

Eumene   Ora, tra poco, qua,

su queste rive a offrir, com'è costume,

se stessa allo Scamandro ella verrà...

Agatone   Padrone, io penso, se tu fossi il fiume!

Eumene   Zitto! Che idea!

(*Sta un po' a pensare, poi dice precipitosamente*)

Sí... va', corri in città,

da un orefice: compra il piú gentile,

il piú ricco, il piú splendido monile,

e portamelo qua... Corri, sú!

Agatone   Ho l'ali!

Eumene   (*richiamandolo*)

Senti, aspetta... Tentiamo un'altra prova...

Portami insieme...

Agatone   Filtri? cordiali?

Eumene   No! Frutta ... fiori ...

Agatone   Fiori? E se ne trova?

Non mi par piú stagione ...

Eumene   Fiori, quali

che siano, pur che siano, anche di nuova

specie!

Agatone	Finti?

Eumene Anche finti: non m'importa!

ed anfore di latte in una sporta:

tre anfore... Hai capito?

Agatone No, padrone.

Eumene Tre anfore di latte!

Agatone Udito ho sí,

non ho capito.

Eumene Scappa via, buffone!

Pria che scenda il corteo t'aspetto qui.

(*Agatone via di corsa, sú per il ciglio — Poco dopo si ripresenta di tra gli alberi Ascanio.*)

Ascanio Fatto.

Eumene Che hai fatto?

Ascanio Attenta ispezione.

Il fiume scorre, appena appena, lì,

tra i cespugli riarsi. Poco male,

pur che il rito si compia.

Eumene Originale

davver codesto rito ...

Ascanio Tirannia

stupida dei costumi.

Eumene Eh no, mi pare

anzi leggiadro assai.

Ascanio Ah sí? Che sia

leggiadro, infatti, non si può negare.

Eumene	Forse non penserei cosí se mia
	fosse la sposa.
Ascanio	Perché no?
Eumene	Ma stare
	ad aspettar lassú, ch'ella, nascosta,
	prima si bagni... E dimmi: su la costa
	non sta a guardia qualcuno?
Ascanio	A tutti è sacro
	il rito, e nessun mai, ligio al costume,
	si attenterebbe questo simulacro
	di nozze della vergine col fiume
	di profanar, spiandone il lavacro.
	La vergine va sola, e solo il lume
	de le stelle la guarda. Andiamo, sú,
	a dar l'annunzio alla sposina.
Eumene	Tu:
	che vuoi che venga a farci io?
Ascanio	Ti presento.
Eumene	No no... ti pare? In cosí mal'arnese...
Ascanio	Che dici mai! Tu esempio, tu portento
	d'eleganza, tu sole del paese...
	Suvvia, suvvia: non mi farai scontento:
	ho contato su te.
Eumene	Troppo cortese:
	ma non posso accettare. È stabilito
	proprio che tu debba morir marito

quest'oggi?

Ascanio   (*sospirando*)

Eh sí, purtroppo!

Eumene   Differire

non potresti d'un giorno?

Ascanio   Eumene, Eumene,

si tratta, com'hai detto, di morire:

la morte non aspetta, lo sai bene.

Eumene   Gli è che sarei contento di venire

a fare ossequio alla sposina.

Ascanio   Ebbene,

vieni, dunque!

Eumene   Cosí no, ti ripeto.

Ascanio   Perché? no? Vieni, sú! Ne sarei lieto,

piú che non pensi.

Eumene   Senza un dono... senza

un fiore... No no, via! Verrò, se mai,

dopo.

Ascanio   Ma sarà dono la presenza

tua: che importa? Venendo, ci farai

il miglior dono.

Eumene   Grazie, no.

Ascanio   Pazienza!

Ma verrai dopo, almeno?

Eumene   Te ne vai?

Ascanio   Eh, se tu ti rifiuti ...

Eumene   Amico mio,

povero amico, tu mi strazii!

Ascanio   Io?

Eumene   Io

ti vedo andar, come al supplizio. Modo

di salvarti non c'è? Se tu non l'ami...

Ascanio   Io ... veramente ...

Eumene   Ma lo so! E ti lodo.

Amar chi può la sua catena? Gli ami

non ama il pesce, né la fune e il chiodo

l'impiccato.

Ascanio   Hai ragione.

Eumene   E dimmi, brami

ch'io cerchi modo di salvarti?

Ascanio   No,

è inutile pensarci! Non si può.

Troppo tardi per sciogliere l'impegno.

Pensa che sono atteso... Anzi, ho paura

ch'ella...

Eumene   Già soffra del ritardo? Segno

che t'ama ...

Ascanio   Poverina ...

Eumene   Che sciagura!

E tu no!

Ascanio   Ma... è bellina... mi rassegno.

Di farmi lieto è poi cosí sicura...

Andiamo, andiamo.

Eumene   Io resto. Avrei piacere,

ora che mi ci trovo, di vedere

queste rive. Il mio servo è su in città:

s'egli fa a tempo, noi ci rivedremo

quando tu con la sposa verrai qua.

Ascanio   Non mancherai. Vo sú di fretta. Temo

che sia già tardi.

Eumene   Ben t'avvenga! Va'.

(*Ascanio, via, sú per il ciglio*)

Eumene   (*fra sé*)

Va', melenso! va', stupido! va', scemo!

Tu non avrai quella fanciulla, no!

Non son piú io se non ti punirò!

(*S'interna tra gli alberi della riva.*)

Terzo Episodio

LE NAJADI

Dal sentiero a sinistra, sotto il ciglio, vengono con una greggiola di capre due pastori, cantando a gara. Eumene, udendoli, vien fuori di tra gli alberi, *ove stava a meditare l'insidia, aspettando Agatone.*

Primo Pastore   La mia ninfa, Melitea

non andrà piú al monte scalza:

punse il rovo d'una balza

i piedini suoi di dea.

Secondo Pastore   Autonòe granel di sale

non mi costa o fil di biada,

poiché vive di rugiada,

come fanno le cicale.

Eumene   Deh, buona gente, a voi che ne la pura

e sacra intimità con la natura

solitaria vivete, avvenne mai

d'udir davvero il riso, i gridi gaj

de le Ninfe su queste antiche rive?

vedeste voi qui mai Ninfe giulive?

Primo Pastore Noi no, giammai. Ma un pastorello, Epi

nomato, dice che le vide, un giorno,

nell'ora che il ramarro entro le siepi

dorme e non van le lodolette intorno.

Secondo Pastore Una ne vide, a quel ch'ei dice o sogna,

che lo pregò fosse contento un poco

di farle udire il suon de la sampogna;

ma prestarsi non volle egli a quel gioco.

Primo Pastore E dice che gli chiese allor la pelle

roggia d'un becco che copriagli il tergo.

Risero a la dimanda le sorelle

di lei, nell'antro lí, che è loro albergo.

Secondo Pastore (*minacciando una capretta che è montata sul clivo*)

Giú, bianchetta, dal clivo! Se t'arrivo...

Primo Pastore (*riprendendo a cantare e avviandosi*)

Melitea con le serpette

sa parlar soave e piana:

le ammaestra e, qual collana,

quindi al collo se le mette.

(*I due pastori vanno via con la greggiola lungo la riva a destra.*)

Eumene   E se ci son, prestarsi graziose

al castigo ch'io medito vorranno?

Qualche dio, qualche dea talor rispose

e secondò piú d'un ameno inganno.

Certo che se qui son Najadi ascose,

spesso cagion di ridere non hanno,

ed io materia a spiritose ciarle

vengo loro ad offrir...

Agatone   (*sopravvenetido, carico, ansante, dal sentiero a sinistra*)

Prova a chiamarle!

Eumene   Oh tu! Già qui?

Agatone   Mi son precipitato,

per far presto, da quella scorciatoja

maledetta, di là... Mi sarai grato:

son vivo per miracolo, ho le cuoja

tutte stracciate. E guarda ch'ho comprato,

che splendore, eh padron? guarda che gioja...

Fior, latte, frutta...

Eumene   Bene. Ora va' via.

Agatone   Vuoi restar solo?

Eumene   sì.

Agatone (*alza le spalle, apre le braccia, s'inchina*)

Bene ti sia!

(*Se ne va per il sentiero d'onde è venuto. Eumene s'appressa alla riva e, appoggiando una mano alla quercia, canta.*)

Eumene O giovinette Najadi,

belle figlie di Giove,

ad invocarvi trepido

il labbro mio si muove:

non ride alcuna grazia

qui di natura: tutto

veste ha d'oblío, di lutto,

né per voi sorge altar.

Scortese o temerario

per tanto io non vi paja:

so che a voi meglio è vivere

di vostra vita gaja

ove qualch'antro arboreo,

di chiare fonti adorno,

vi possa offrir soggiorno

lieto vicino al mar.

Ma forse il vostro tenero

cuore ha pietà di questo

antico fiume, or povero

d'acque, e m'è grato al mesto

nume che dentro v'abita

immaginarvi intente:

qualcuna certamente

volle con lui restar.

Le Najadi   (*dall'acqua senza farsi scorgere, mentre — Eumene canta*)

— Vieni sú!

— Zitta! Senti?

— Chi ci chiama?

— Un giovine stranier! Zitta... Oh che incanto

nuovo; ascolta! Che fascino nel canto!

— Che vorrà? Qualche insidia ei certo trama.

— Contro noi?

— Contro il fiume: odi?

— Io m'ascondo!

— Io pure!

Eh via, tentiamo l'avventura!

Se Scamandro si desta?

— Uh, che paura!

Te l'immagini il vecchio furibondo?

(*Le tre Najadi scoppiano in una risata e si nascondono.*)

Eumene   Ridono! Oh fosser loro! Olà, chi ha riso?

Se siete voi, mi prostro,

Najadi, qui. Non mi negate il vostro

leggiadro viso!

(*Le tre Najadi, avvolte in un velo verde lieve, nude le braccia e le gambe,*

la capellatura ondeggiante su le spalle, adorne di una corona di canne,

sporgono ancor sorridenti il capo di tra gli alberi della riva.)

Prima Najade   Per pietà del vecchio fiume,

non per altro,

Greco scaltro,

ci vuoi qua?

Seconda eTerza Najade (*con comica serietà*)

Non per altro!

Prima Najade   Ah ah ah!

Seconda Najade   Il tuo cor per lo Scamandro

veramente

dunque sente

carità ?

Prima e Terza Najade   Veramente!

Seconda Najade   Ah ah ah!

Terza Najade   E invocate per pregarci

sol di questo,

Greco onesto,

ci hai tu qua?

Prima e seconda Najade   Sol di questo!i

Terza Najade   Ah ah ah!

Eumene   E per pietà di me, Najadi, ancora,

poi che il motteggio vostro mi palesa

che non v'è ignota la gioconda impresa

alla quale benigne il cor v'implora.

Prima Najade   Impresa la chiami?

Seconda Najade   (*con finto orrore*)

Sacrilego intrigo!

Eumene   No, giusto castigo 1

Terza Najade   Che lo Scamandro infami...

Eumene   No, no!

Terza Najade   Se tu profani un rito sacro!

Eumene

Io vorrei che men gelido lavacro

la nuova sposa oggi trovasse qua.

È questa anche pietà

pe 'l fiume, se vi piace:

Onore ei si farà, dormendo in pace.

Per voi non vedo intanto alcun altare,

Najadi graziose, ove posare

con tutto il cuore queste

offerte mie modeste.

Prima Najade   (*accorrendo seguita dalle altre*)

Frutta ?

Seconda Najade   Fiori?

Terza Najade   Latte?

Prima Najade   Oh bene!

Sei sfrontato, Ateniese,

ma ci piaci,

piú dei giovani dabbene

del paese!

Seconda Najade   Non saran mézzi i tuoi frutti,

come tutti

i tuoi detti son mendaci?

Terza Najade   Con questi fiori noi t'adorneremo:

avrai di canne in capo una corona;

in mano un remo.

Scamandro è vecchio, e vedrai che perdona.

(*Le tre Najadi circondano Eumene e lo conducono tra gli alberi della riva, portando seco i doni.*)

Agatone (*affacciandosi dal sentiero sotto il ciglio, ove s'è tenuto nascosto a spiare*)

Se debbo dire il vero, io mai non ho

a Ninfe, a Fauni, a Najadi creduto.

Ma ora opinione al tutto muto:

ci crederò.

Ah, ecco: il nuzial corteo giú viene.

Padrone, ti saluto!

Io me la filo via: t'avvenga bene.

Quarto Episodio

IL CORTEO

È già sopravvenuta la sera. — Ascanio e Calliroe, preceduti da alcuni fanciulli che recano in mago tede accese e seguiti da Caletore e da Proclea *e quindi dal coro nuziale guidato dal Corifeo, vengono sul ciglio e vi si fermano.*

Corifeo   (*avanzandosi e schierando il coro*)

Su, in ordine! Composti! Or l'augurale

ode — s'intuoni:

grata a gli sposi, grata a l'immortale

Nume custode — suoni.

Coro   Delle tre Dee che in te, fiume Scamandro,

al giudizio movendo d'Alessandro,

vennero ad indorar la chioma ha questa

vaga sposa modesta

valor senno bellezza.

Corifeo   Infinita allegrezza

n'avrà lo sposo! Paziente soffra

però che prima al Nume ella si offra,

intatta in lui si bagni.

E il suon degli Imenèi giú l'accompagni

Coro   (*mentre Ascanio e Calliroe, seguiti da Caletore e da Proclea scendono il clivo*)

Strofe: Non sí tosto la bionda

Luna il suo lume pio

spiri e malia nei cieli,

sì scioglierà dei veli

ultimi, pudibonda,

la vergine per scendere al lavacro.

La attende in ansia il dio

entro il talamo sacro.

Odoriamo di cinnami la sponda.

Tutti   Imen, oh, Imenèo!

Coro — Antistrofe: O stella rugiadosa,

Espero, e tu frattanto,

giú tra le cupe frondi,

pria ch'ella il piede affondi

dentro l'onda amorosa,

vergine ancor, vergin per poco ancora,

mirala: oh dolce incanto!

Domani, su l'aurora,

Fosforo la vedrà giuliva sposa.

Tutti   Imen, oh, Imenèo!

Ascanio (*a Calliroe*)

Ed ora, o mia Calliroe, al tradimento!

Bacio di vento,

e d'acqua amplesso,

col mio permesso.

Caletore Sú sú, figliuolo, non è questo il loco

né l'ora di motteggi irriverenti.

Proclea Son riti sacri, non si fa per gioco.

Caletore Lo so io, che mi costano talenti!

Ascanio   Zitto! Non tanti,

a giudicar almen da quei belanti.

Dicevo per far cuore a la sposina

che, poverina,

trema, la vedi?

Caletore   Ma noi siam lassú!

Che paura?

Proclea   Hai paura, bimba, tu?

Caletore Sú, via di là. Qua un po' la tua nutrice

rimane teco: noi risaliremo.

Sta' bene attenta a ciò ch'ella ti dice.

(*Risale con Ascanio sul clivo.*)

Proclea   Tremi davvero tu, bambina?

Calliroe   Tremo,

non di paura. Tu lo sai, nutrice.

Ah triste sorte avere il padre avaro!

Proclea   Ti dà lo sposo ricco, e l'avrai caro,

ne son certa, col tempo. Ogni altra idea

scaccia da te, chiudi l'orecchio al tarlo

tristo che il cor ti rode.

Calliroe   Ahimè, Proclea...

Proclea   Mai non avessi fatto quel viaggio

in Atene! Tu sai di che ti parlo...

Calliroe   Ma egli è qui! L'ho veduto! M'ha seguita!

Proclea   Che dici mai? T'assistano gli Dei!

Piú non pensare a lui... Sú, va', coraggio!

Pensa che lo Scamandro a sé t'invita.

Sai tu, fanciulla mia, come dir dêi,

movendo al fiume?

Calliroe   Sí. Ma ascolta: sento

come un fruscío sommesso... ascolta! È il fiume?

Non so, m'invade uno strano sgomento...

Proclea   È segno, questo, che tu senti il Nume.

Va' va'! Buona fortuna!

Calliroe s'avvia alla riva e scompare tra gli alberi.

— Proclea risale sul ciglio, ad aspettare con gli altri.

Corifeo   Ecco, sorge la Luna.

Pronuba sia!

Coro

O solitaria errante,

o vigilante iddia,

stendi dal cielo — ove serena brilli

e qua giú scuoti il vaporoso velo

trapunto di rugiada,

sonoro tutto d'argentini trilli;

fa' che sicura nel tuo dolce lume

alle nozze col fiume

la nuova sposa vada.

Quinto Episodio

LE NOZZE

Calliroe, che si sarà spogliata dietro gli alberi, viene avanti ignuda, trepida, fino al margine, nel lume della luna, e prima di porre *il piede nell'acqua fluente, proferisce le parole di rito.*

Calliroe   Scamandro, a te la mia verginità!

Eumene   *(sorgendo da una siepe di loto, nella quale s'era nascosto presso di lei)*

Ch'io volentieri accetto.

Calliroe   *(addietrando, atterrita)*

Ah!

Eumene   *(Pronto, abbracciandola)*

Perché gridi?

Calliroe   Chi sei tu?

Eumene   M'hai chiamato. Eccomi qua.

Il nume abitator di questi lidi.

Calliroe   Scamandro... tu?

Eumene	Scamandro.

Calliroe
                                                                Ma se mai

sposa alcuna ti vide al tempo nostro?

Eumene   E tu mi vedi. A tutte io non mi mostro.

Bella tu piú d'ogni altra non ti sai?

Guardami!

Calliroe   (*riconoscendolo*)

Vedo ... Lasciami! Lassú

c'è il corteo.

Eumene   Di che temi?

Calliroe   Io mi vergogno.

Eumene   Immagina che tutto come un sogno sia!

Non ti guardo; a me ti stringo. Il dio,

cui sei venuta a offrirti, io sono.

Calliroe   Tu?

Eumene   Io, Scamandro, non vedi? Son ben io!

Venne poc'anzi chi lassú t'aspetta

a veder s'io scorrevo almeno un poco.

Delle nozze ei parlava ad un amico

ateniese, a cui la mediaglietta

mostrò: gliene parlava qual d'un gioco

al qual per forza si prestava.

Calliroe   Ah, sí?

Eumene   E ben altro dicea ch'io non ti dico.

Onde pensai per te questa vendetta.

Attenda or ci lassú, mentre tu qui

al tuo nume ti stringi. Non temere,

non temere! Sei mia! Per sempre mia

sarai! Vieni...

Calliroe   No, no, lasciami, via!

Qualcuno di lassú ci può vedere...

Eumene   Nessun si attenterà, ché a tutti il rito

è sacro. Ed io...

Calliroe   Ma tu del vecchio fiume

la sembianza non hai... né men la barba...

Eumene   Oh semplicetta! Ma s'io sono un nume

non mi posso cangiar come mi garba?

Vecchio, se tale faccia meglio al caso;

giovine, d'una giovine all'invito

(ché non potrei da vecchio) mi presento.

Ti dispiace veder nudo il mio mento?

Calliroe   No...

Eumene   Tonsori ha l'Olimpo: mi son raso.

Odi? Ridono l'acque, ai nostri detti.

Vieni, vieni con me senza paura.

C'è chi veglia per noi: siam ben protetti

dalle Najadi, e qua dalla verzura.

Eumene si trae Calliroe nel folto delle piante. A sommo

delle acque correnti si vedono guizzar le Najadi.

Le Najadi   — Vigila tu di là. Io di qua vigilo.

— Pronte l'anfore, e addosso a chi verrà

prima a spiar gl'insoliti prodigi

di questa notte!

Oh che guardi di là,

tu? Via, lasciali in pace, e qui t'apposta.

— Zitte! Parla qualcuno su la costa...

Ascanio   (*sul ciglio, a Proclea*)

Non le hai tu detto che bastava un piede

intingere nell'acqua? Ingenua è troppo

e forse un bagno veramente crede

che far bisogni...

Proclea   Temo d'altro! Un groppo

avea di pianto in gola.

Caletore   Che le sia

incorso male? Stupida figliuola!

Va', va' a vedere. (*a Proclea*)

(*ad Ascanio*) Tu no, qua!

Ascanio   Se mia

sarà tra poco!

Caletore   Ancor non sei marito!

Proclea   Io stessa non so ben se offesa al rito

rechi, andando. Di Pallade la fama...

Caletore   Lascia dire di Pallade... Va' giú

càuta, non t'accostar di troppo e chiama.

Proclea   (*scende dal ciglio e chiama*)

Calliroe! Calliroe!

Appena, nell'ombra, s'accosta al margine, è assalita

da un furioso getto d'acqua da parte delle Najadi.

Proclea   Aita! Aita!

Gente, accorrete! accorrete!

Ascanio   (*precipitandosi*)

Che fu?

Caletore   Proclea! Che fu? (*scende anche lui*)

Proclea   Scamandro m'ha punita!

E ancora... (*altro getto d'acqua*) Ahi... Uff... Aita! È furioso!

Caletore   E Calliroe?

Ascanio   (*cacciandosi tra gli alberi*)

Calliroe, ove sei tu?

Caletore   Giú con le tede! (*a Proclea*) Va'! cerca!

Proclea   Non oso!

Non oso piú!

Caletore   (*al coro*)   Fermi qua tutti!

Vado io solo ... Ascanio? Fate lume un po'

di qua ... Calliroe! Ascanio!

Ascanio   (*di tra gli alberi lontano*)

Eccomi!

Caletore   (*gridando*)

No!

Tu no!

Ascanio   (*ansante di ritorno*)

Non c'è! non c'è! Tranne che a guado

non sia passata all'altra riva...

Caletore   Come!

Impossibile!

| Ascanio | Eppure... |

| Caletore | (*a Proclea*)   Con sí poca

acqua... chi t'ha bagnata? |

| Proclea | Io ... io non so! |

| Caletore | Gridiamo tutti, tutti insieme il nome

della figliuola mia! |

| Tutti | Calliroe! (*pausa*) |

| Caletore | Nulla!

Annegata? Perduta? (*a Proclea scotendola*)

Sú, va', oca,

muoviti! corri! Andiam tutti: le tede

avanti! Fermi... Ecco le vesti, qua... |

| Ascanio | Son le sue vesti? |

| Caletore | E lei? Lei non si vede! |

| Ascanio | Oh Calliroe! |

| Proclea | Sciagura! |

| Caletore | Ove sarà

Calliroe! Calliroe! Oh mia fanciulla!

(*Si ode da lontano la voce di Calliroe*) |

| Calliroe | Proclea! |

| Ascanio | Zitti! Chi chiama? |

| Caletore | È lei! |

| Calliroe | (*da lontano*)   Proclea! |

| Tutti | È lei! è lei! |

| Ascanio | Chiama Proclea! |

Caletore   Sú, vola!

Ecco le vesti... vola! Indietro, noi!

indietro tutti! Ah stolida figliuola...

Ascanio   Io non so come mai...

Caletore   Forse temea

d'esser vista ...

Corifeo   Sciogliam di grazie...

Caletore   (*interrompendo*)   Poi,

poi canterete! Io la conosco, ell'è

timida tanto e tanto ingenua, che —

tu l'hai vista — tremava, quando sola

noi la lasciammo qua.

Ascanio   Eccola!

Calliroe ritorna insieme con Proclea, col volto composto a un'aria di gioja serena.

Caletore   Figlia!

Calliroe   Qual'ansia è in voi? Non so che meraviglia...

Ascanio   Come!

Calliroe   Non mi dovevo io forse qui

allo Scamandro offrire?

Caletore   Ebben?

Calliroe   Cortese,

l'offerta mia lo Scamandro gradì.

Ascanio   Come gradì?

Caletore   Che dici?

Calliroe   Sí; dall'acque

sorse ...

Tutti   Scamandro?!

Calliroe   Sí; con sé mi prese...

Tutti   Lo Scamandro?!

Calliroe   E di me molto si piacque.

Onde al Nume sien grazie!

Caletore   Ella delira!

Tutti   Il Nume!

Ascanio   Il Nume? hai tu veduto il Nume?

Calliroe   Sì, lo Scamandro.

In questo punto si presenta Eumene, seguito da Agatone, recando i doni.

Calliroe   (*con giubilo acorrendo e stringendosi a lui*)

Eccolo!

Ascanio   Eumene!

Eumene   (*pronto*)   Amico,

io t'ho salvato!

Tutti   Sacrilegio!

Caletore   Chi?

chi è costui?

Ascanio   Che hai fatto?

Eumene   Ora vi dico.

Caletore   Tenetelo!

Eumene   No, amici miei; senz'ira...

Caletore	Sia tosto tratto in giudizio! Nel fiume
	s'è acquattato, l'infame, ed ha ingannato
	la mia figliuola! Tenetelo!
Eumene	(*traendosi indietro minaccioso, con Calliroe abbracciata*)
	Qui,
	vecchio, la tua figliuola ora mi tiene;
	e nessun mi s'accosti! Egli per me
	(*indica Ascanio*)
	parli! Direte poi se a fin di bene
	io non abbia operato.
Ascanio	Egli v'inganna
	ancora! Io non gli dissi ...
Eumene	Mi dicesti
	che a nozze andavi come a una condanna.
	Nega, se puoi!
Caletore	Tu, Ascanio? E come! Se
	tanto dappresso mi sei stato... E resti
	muto?
Ascanio	Mi trasse a dire egli... Ma ormai
	per me Calliroe... Calliroe è perduta...
Eumene	Ed io l'ho guadagnata, io che l'amai
	dal dì che teco per le vie d'Atene
	la vidi, o padre: se con arte astuta,
	perdonami, perdonaci!
Caletore	Sia bene
	a tutti! Eumene, dunque vuoi che sia

Calliroe tua sposa?

Eumene   Ella è già mia!

Calliroe Eumene! Eumene!

Ascanio   Ahimè, come quest'onta

sopporterò?

Agatone (*piano, da un lato*)

Signore, non t'incresca!

Non vadan le tue lagrime sprecate:

là, versale nel fiume, ch'egli cresca...

Caletore (*dall'altro lato*)

E a lui la pena tua, caro, racconta.

Corifeo Sú, in ordine! Innalziamo

l'inno di grazie a lo Scamandro.

Agatone   Fate

piano, mi raccomando.

Caletore   Andiamo, andiamo...

Il corteo si dispone nell'ordine di prima: avanti, i fanciulli con le tede:

poi Eumene e Calliroe, Caletore e Proclea; quindi il Coro. Ascanio resta indietro, con le mani sul volto: quando le voci si sono allontanate, risale il clivo anche lui.

Coro Dell'onda aspersa che amorosa nuota,

la giovinetta sposa

d'un novello rossore

tinta ritorna l'una e l'altra gota.

Tal'è su l'apparir del primo albore

una vermiglia rosa,

tal del punico pomo è il bel colore,

Scamandro, e tu, prole di Giove...

(*Il canto si perde lontano.*)